AF308712

# NOX

# NOX

The mind which is immortal
makes it self. Requital for
its good orevil thougts.
*Lord Byron,* Manfred.

L'explication sainte et calme est dans la tombe.

*Victor Hugo.*

## PARIS

SOCIÉTÉ D'IMPRIMERIE ET LIBRAIRIE ADMINISTRATIVES ET DES CHEMINS DE FER

PAUL DUPONT

41, RUE JEAN-JACQUES-ROUSSEAU, 41

1881

Si nous osons livrer à la publicité ce poème présenté en 1879 au concours des Jeux Floraux de Toulouse, nos amis seront indulgents ; c'est un essai et comme la préface d'un livre qui paraîtra bientôt, dont ils connaissent déjà les pages les plus importantes et qui nous ont valu leurs précieux encouragements.

L'épreuve à laquelle l'auteur soumet cet opuscule leur dira s'ils ont eu raison de l'applaudir. En tout cas, pour justifier sa tentative, il peut s'autoriser de l'extrait suivant tiré du rapport de M. F. de Rességuier, secrétaire perpétuel de l'Académie des Jeux Floraux de Toulouse, sur le concours poétique de 1881, inséré dans le Recueil de cette année.

E R R A T U M.

Une erreur, qu'un oubli seul nous a empêché de rectifier, s'est glissée dans notre Rapport sur le concours de 1879.

Le poème intitulé : *Nox*, y fut attribué à un écrivain qui n'en est pas l'auteur. — Cet ouvrage, remarquable à tous égards, est de M. Charles Beltjens, de Sittard (Pays-Bas).

Nous tenons d'autant plus à faire cette rectification que cet ouvrage était du petit nombre de ceux qui nous indemnisèrent cette année- à du mécompte que nous avions rencontré sur le terrain de l'Ode. Nous remarquions les vues élevées, le caractère ferme et le mouvement poétique général de cette vaste composition, qui ne fut éloignée du concours qu'à raison de son étendue, les programmes de notre

Académie limitant à deux cent cinquante vers le cadre des ouvrages qu'elle doit accueillir.

Nous espérons que cette rectification tardive nous justifiera aux yeux du poète distingué, auquel nous avons fait un tort immérité et très involontaire.

F. DE R.

Nos remerciements sincères à M. F. de Rességuier. Puissent le public et surtout nos amis être de l'avis de M. le secrétaire perpétuel de l'Académie de Toulouse; nous ne pouvions pas souhaiter pour notre œuvre une meilleure présentation.

CH. B.

# EN PRÉPARATION :

1. **A travers la vie**, *Poésies*.
2. **Le Sphinx**, *Poéme*.

# LE POÈTE

Le soleil qui descend dans la pourpre des nues,
Darde un rayon livide au flanc noir du coteau,
Et se couche, escorté de splendeurs inconnues,
Comme un César mourant drapé dans son manteau.


C'est la saison rêveuse où les feuilles jaunissent;
L'oiseau plus tristement dans les arbres gémit;
Pâle et dernier reflet des choses qui finissent,
Le crépuscule a l'air d'un linceul qui frémit.


Sur la nature en deuil, comme un voile de veuve,
L'obscur brouillard qui monte étend ses longs réseaux;
Tout se tait, excepté le lent soupir du fleuve,
Et la brise plaintive à travers les roseaux.

Les ormes rabougris, le long des fondrières
Que rougit le couchant de reflets empourprés,
Comme un convoi funèbre aux muettes prières,
Tordent sinistrement leurs bras désespérés.


Sous l'ombre envahissant le morne paysage
La clarté lutte encor dans le vague lointain,
Puis s'efface en tremblant, comme sur un visage
Un sourire d'adieu qui dans les pleurs s'éteint.


Du jour mourant qui jette un reste de lumière,
Le soir ferme les yeux par la brume assoupis;
La pauvresse à pas lents regagne sa chaumière,
Où pleurent ses enfants sur le seuil accroupis.


Tandis que les vapeurs au teint grisâtre atteignent
Les hauteurs se noyant dans l'azur affaibli,
Chaque forme s'estompe et les couleurs s'éteignent,
Comme des souvenirs que submerge l'oubli.


Et les étangs blafards, les champs noirs, les prairies,
Les sentiers, les hameaux, les coteaux, la forêt
Penchant vers le vallon ses larges draperies,
En un rêve confus tout flotte et disparaît.

Par moments dans la plaine un vaste et long murmure
Court en tourbillonnant de la ronce au buisson,
Et dans les grands bois sourds, de ramure en ramure,
Passe un mystérieux et lugubre frisson !


Tout à coup l'Occident, obstrué de bruines,
Se déchire en abîme énorme et rougissant,
Comme une ville en feu qui s'écroule en ruines,
Au milieu d'un chaos de fumée et de sang !


Tout l'horizon flamboie à ce vaste incendie
Que l'Orient reflète, étrange vision,
Par l'ombre fantastique et terrible agrandie,
Fournaise de bitume et d'or en fusion.


Sous son porche entr'ouvrant sa colossale arcade,
Soudain, rouge et cuivré dans ses rives de fer,
Un large Phlégéton de laves en cascade,
Se précipite et roule, enfer dans un enfer.


Au-dessus du brasier des forêts qu'il charrie,
Se tordent, blocs d'ébène, en épais tourbillons ;
Tout s'embrase ; on dirait la mêlée en furie,
Qui d'un choc formidable étreint cent bataillons.

Sous l'Etna qui l'écrase on croit voir Encelade,
Rassemblant les tronçons de ses membres broyés,
Pour tenter vers le ciel sa seconde escalade,
Réveiller du sommeil les Titans foudroyés.


Et du fond ténébreux de sa forge en démence,
S'avancent les deux bras monstrueux d'un géant
Qui saisit le Soleil dans sa tenaille immense
Et, tout en feu, le plonge au fond de l'Océan.


Et tout redevient noir, et la Nuit gigantesque
D'un pôle à l'autre étend ses aîles de corbeau ;
Et la lune, à travers l'obscurité dantesque,
Laisse errer la lueur de son morne flambeau.


Et dans mon âme aussi, brisé par la souffrance,
Je sens tomber le soir de l'arrière-saison,
Et ton dernier soleil, chère et douce Espérance.
Disparaître à jamais derrière l'horizon.


Maintenant que je touche au sommet de la vie,
Qui dans l'or du matin m'apparaissait si beau,
De cette cime à pas si pénibles gravie,
Je n'aspire à plus rien qu'à descendre au tombeau.

De tous mes vœux déçus c'est le seul qui me reste,
C'est le seul qui sera par le sort écouté ;
O Sphinx, j'ai deviné ton énigme funeste,
Et je sais ton secret, triste Nécessité !


Je ne crois plus à rien qu'à vous, sombres fantômes,
Fatalité, Hasard, au sceptre souverain ;
C'est vous seuls qui réglez la danse des atômes
Sur le rythme éternel de vos lyres d'airain.


Rien n'est vrai, rien n'est faux ; sous ta roue, ô Fortune,
Le lâche et le martyr sont broyés tour à tour ;
Dans la mer des humains tu fais comme la lune,
Le flux et le reflux, sans haine et sans amour !


La Force est au plus fort, la Justice est un leurre ;
Seul, le glaive décide. A quoi bon s'indigner ?
Le lion est le maître, et la brebis qui pleure
N'a qu'à baisser la tête et qu'à se résigner.


Pénélope sans yeux, la matière ignorante
Fait et défait le monde à son obscur métier ;
Crime impuni, Vertu dans les cachots souffrante,
Pêle-mêle la Mort vous pile en son mortier !

Est-il de ses désirs quelqu'un qui soit le maître?
Comme l'eau qui s'en va, chacun suit son penchant,
D'une cendre lui-même un Phénix doit renaître;
Du tombeau qui l'enfante il sort bon ou méchant.


L'humble ruisseau des bois porte envie au Pactole
Et la bure ouvrière à la pourpre qui luit;
Brutus frappa César au haut du Capitole,
Mais Brutus à sa place eût agi comme lui.


A quoi bon t'invoquer, Liberté, vain mirage,
Si jamais l'oasis n'est au bout du chemin?
Le sort d'un siècle entier dépend d'un coup d'orage,
Et l'esclave d'hier sera tyran demain.


Et ceux qui le plus fort au milieu de la foule,
Levant les bras aux cieux qu'ils prennent pour témoins,
Font hurler leur fureur sous le pied qui les foule,
A sa place peut-être ils vaudraient encor moins!


Sages, répondez-moi; qu'est-ce donc qui persiste
Ici-bas, si ce n'est l'éternel changement?
Et que peut m'importer de savoir que j'existe,
Si je dois disparaître inévitablement?

Dans l'immense étendue avoir six pieds d'espace ;
Au sortir du berceau marcher vers le cercueil ;
Entre ce double pôle être une ombre qui passe,
Un navire certain de rencontrer l'écueil ;


Sur la foi d'une étoile émergeant de la nue
Croire à l'aspect lointain de radieux sommets ;
Voguer à tour de bras vers la rive inconnue
D'une terre promise et... n'arriver jamais ;


Poussé par le désir d'atteindre ce rivage,
D'inutiles fardeaux se lester en chemin ;
Jeter en holocauste à la houle sauvage
Les seuls bonheurs, les vrais, qu'on avait sous la main ;


Voir un instant l'abîme, avant que l'on y sombre,
D'un rayon fugitif d'espoir illuminé,
Et sous ce pâle éclair qui rend la nuit plus sombre
S'apercevoir soudain que tout est terminé ;


Penser ; user ses jours à déchiffrer l'empreinte
Du palimpseste obscur de son propre cerveau ;
Etre un sphinx de soi-même, un vivant labyrinthe
Où, sans trouver d'issue au plafond du caveau,

A travers cent détours, l'âme désespérée
Se cogne à tous les murs, triste chauve-souris,
Qui soulève en passant de son aile effarée
La cendre des bonheurs depuis longtemps pourris ;


Etre un chaos formé de fange et de lumière ;
Ignorer d'où l'on vient, sans savoir où l'on va,
Puis disparaître un jour, s'en aller en poussière,
Sans rien avoir atteint de tout ce qu'on rêva ;


Hélas ! voilà la vie, Ygrec inexplicable ;
Adversité, bonheur, voilà les deux chemins ;
Nous y marchons, poussés par le sort implacable,
Mais nul n'y peut choisir parmi tous les humains.


Pour entrée ici-bas j'eus la porte fatale,
La porte aux gonds de bronze, où, sur un fond noirci,
L'inscription terrible en traits de feu s'étale :
« Désespérez-vous tous qui venez par ici. »


Ceux-là, que leur destin soit obscur ou célèbre,
Qu'ils soient nés dans un bouge ou bien dans un palais,
L'infortune d'avance avec sa main funèbre
De leur triste carrière a fixé les relais.

Marâtre pour eux seuls, la Vie, aux autres mère,
Refuse d'allaiter ces pâles nourrissons ;
La Tristesse les prend sous sa tutelle amère
Et berce leur esprit de ses vagues chansons.


Ils sucent à longs traits de leur bouche morose
Son lait qui les prépare au vase des douleurs,
Forts comme des rochers que la tempête arrose,
Où germe lentement le sourd torrent des pleurs.


Tout enfants, on les voit, fuyant la multitude,
Pour lire dans un livre interrompre leurs jeux,
Cherchant par on ne sait quel âpre inquiétude
A savoir le secret de leurs cœurs orageux.


D'un idolâtre amour épris de la nature,
Pensifs, l'âme éperdue en de vagues soucis,
Tout un soleil gardant une même posture,
Dans quelque lieu sauvage on les rencontre assis,


Sur le bord d'un torrent regardant l'eau qui passe,
Ecoutant sous les bois la brise murmurer,
Suivant des yeux l'oiseau qui s'enfuit dans l'espace,
Et sans savoir pourquoi se mettant à pleurer.

Regardez-les grandir, fiers et mélancoliques !
Est-ce un pressentiment, serait-ce un souvenir,
Cette flamme qui luit dans leurs yeux nostalgiques,
Ces regards anxieux vers l'obscur avenir ?


Sombres plantes avant leur époque accomplies,
L'hiver caduc en sait moins long que leur printemps ;
Ils font des questions d'amertume remplies
A faire frissonner des vieillards de cent ans.


D'où leur vient ce dégoût et cette lassitude
Qu'ils portent sur leurs traits avant d'avoir vécu ?
Avant d'avoir souffert, pourquoi cette attitude
De découragement qu'on voit chez le vaincu ?


Peut-être n'auraient-ils, pour laisser une empreinte
Attestant leur passage à la Postérité,
Qu'à vouloir, qu'à saisir de leur virile étreinte
Le marbre dur et froid de la réalité :


Car à vaincre l'obstacle ils ont la patience,
Le souffle, le bras fort et l'esprit indompté ;
Mais leur cœur du triomphe est dégoûté d'avance
Et devant l'action tombe leur volonté

Tandis que vers la mer le temps au flot rapide
Emporte sans retour tout un peuple bouffon,
Ils suivent du regard, à travers l'eau limpide,
Les dragons inconnus qui rampent sur le fond.


Si la foule, abordant quelque riant parage
Avec des cris joyeux descend sur le gazon,
Ils écoutent, pensifs, — messager de l'orage, —
Le tonnerre lointain qui monte à l'horizon.


Et, pendant que l'on boit, que l'on rit, que l'on danse,
Célébrant la folie et narguant le chagrin,
Sous l'orchestre du bal qui s'agite en cadence,
Ils entendent gronder le volcan souterrain.


Eux seuls prêtent l'oreille à la voix de Cassandre
Prédisant que Pergame est marquée au charbon;
D'Achille et de Priam leur main pèse la cendre,
Et, la trouvant légère, ils disent : A quoi bon?


A quoi bon s'élancer sur ta croupe fumante,
Roi des sables brûlants, Désir, ardent coursier;
Et secouer le mors dans ta bouche écumante,
Et rougir tes flans noirs sous l'éperon d'acier

2

Et galoper toujours dans ce désert stérile,
De sa houle torride éternel vagabond,
Sans repos, sans laisser de ta course inutile
Qu'une trace de bave et de sang... à quoi bon ?


Puisqu'enfin pour ta soif la plaine infranchissable
Ne recèle aucun puits connu du chamelier,
Et qu'un soir le simoun d'un grand linceul de sable
Doit couvrir sans retour cheval et cavalier !


Que sert d'avoir vécu ? puisque la caravane
Dans un cercle fatal, où rien ne s'accomplit,
Tourne éternellement, sans trouver de savane,
Que celle où pour jamais la mort lui fait son lit !


— Ainsi de l'existence ils mesurent le vide ;
Ils délaissent la table et la coupe et le vin,
Sûrs que la Vie a tort et que leur lèvre avide
Pour étancher leur soif s'y tremperait en vain.


Et pourtant il faut vivre, empoigner la charrue,
Manier le pressoir, la lime ou le marteau ;
Le pain de chaque jour veut l'étal sur la rue,
L'usine, ou sur la mer la voile et le bateau. —

Un traître nuitamment faussera leur boussole;
L'enclume sous leur main se brise au premier coup;
Allant dire à Socrate un mot qui le console,
Dans une embûche infâme ils tombent jusqu'au cou.


De l'antique Sysiphe ils auront le courage
En roulant leur fardeau jusqu'au haut du rocher :
D'aucuns se trouveront parmi leur entourage
Qui viendront par derrière à leur poids s'accrocher !


D'autres arriveront — car leur chute est certaine —
Triomphant de les voir se débattre et fléchir,
Et mêlant de la fange à l'eau de la fontaine
Où, dévorés de soif, ils vont se rafraîchir !


Mais n'attendez chez eux ni plainte, ni bassesse !
Ils reprendront leur tâche, accablés et meurtris,
Au sort qui les harcelle et les poursuit sans cesse
Opposant le rempart de leurs sombres mépris.


Plaie au flanc et front haut, ils marchent au supplice;
Insultant la douleur sur la foi de Zénon;
Jusqu'à la lie affreuse ils boiront leur calice,
Avant de s'écrier : Vertu, tu n'es qu'un nom !

Ils sèment le froment : ils récoltent l'ivraie ;
La ronce avant tout autre aimera leur gazon ;
Leur joyeux colombier sert d'asile à l'orfraie,
Et la foudre en tombant choisira leur maison.


Dans leur triste verger qu'un espoir vienne à naître,
Le tronc pourrit avant que le fruit ne soit mûr ;
Pour voir mourir la treille au bord de leur fenêtre,
Il suffit que leur ombre ait passé sur le mur !


La Trahison qu'enfante une lutte civile
Viendra de préférence habiter leurs paliers ;
La Peste qui voyage, en entrant dans la ville,
A leur seuil tout d'abord essuyera ses souliers !


Leur esprit du condor eût atteint l'envergure :
Ils auront pour consorts les hiboux odieux,
Et seront déclarés funestes par l'augure,
Eux, les frères de l'aigle et du ciel radieux !


Comme un mancenillier qui fascine et qui tue,
L'Amour épand la mort sur leurs songes d'amants :
Pygmalions maudits, la chair devient statue
Sous leurs baisers de flamme et leurs embrassements !

Et leur unique ami, leur hôte inévitable,
Leur ombre, leur Sosie, éternel compagnon
Qui s'attache à leurs pas, qui s'assied à leur table
Et couche dans leur lit, c'est toi, fatal Guignon !


Quelque jour, secouant leur tristesse importune,
Comme un habit usé que l'on jette un matin,
Vers de lointains climats ils vont chercher fortune :
C'est leur perdition qu'ils trouvent, c'est certain.


L'irrésistible vent qui pousse leur navire
Les ballotte sans fin de Charybde en Scylla ;
C'est en entrant au port que leur esquif chavire...
Et je les connais bien, car je suis de ceux-là !


J'ai semé sur le roc, j'ai bâti sur le sable ;
Le malheur m'attendait au sortir du berceau ;
J'ai sur mon front d'enfant, stigmate ineffaçable,
Senti son froid baiser s'imprimer comme un sceau !


Et depuis lors circule en mes fibres intimes,
A travers tous mes vœux de toute chance exclus,
Ce ténébreux amour qu'il a pour ses victimes,
Dans les mornes troupeaux dont il fait ses élus !

Partout son œil de lynx me surveille et m'épie;
Si j'ose seulement regarder mon voisin,
Cet écart passager, durement je l'expie
Sous le bâton fatal du terrible argousin !


En dévorant mes pleurs, dès que je me déplace,
L'amer bourreau me suit; quand je me crois tout seul,
Je sens une atmosphère étrange qui m'enlace,
Et souffle sur mon front le vent froid d'un linceul !


L'araignée inconnue étend sur moi sa toile :
Espoirs, projets, travaux, rien ne me réussit;
Que dans mon ciel sinistre apparaisse une étoile,
Une ombre monstrueuse à l'instant l'obscurcit.


Qu'une pensée en moi s'élève, audacieuse
A ce point de vouloir interroger le sort,
L'horrible filandière est là, silencieuse,
Qui la guette au passage et lui brise l'essor !


Je rencontre la guerre au lieu le plus paisible;
Mes plus simples désirs sont d'avance maudits;
Si je tourne la tête, une Parque invisible
Soudain coupe les fils des trames que j'ourdis !

Chaque fleur s'étiole aussitôt que j'y touche ;
Tout rameau sur mon front sera bois mort demain ;
Tout miel devient poison au souffle de ma bouche,
Chaque coupe se brise au contact de ma main.


O Malheur, sombre archer qui fais de moi ta cible,
Tant de pleurs, tant de cris n'ont donc pu te lasser ?
Regarde ! je n'ai plus en moi d'endroit sensible
Où ton arc ait encore une flèche à placer !


Comme un cerf que poursuit une meute acharnée,
Et qui court tout saignant, de tous côtés mordu,
Je me hâte à travers ma sombre destinée,
Recherchant les chemins de mon bonheur perdu.


Vers ce qui reste, en vain, je tends mes bras avides ;
Mon bonheur, l'ennemi me l'a pris tout entier !
Tous mes fruits sont tombés et tous mes nids sont vides !
Plus rien que le bois mort craquant dans le sentier !


Rien que le bruit du vent dans les feuilles d'automne
Que j'arrose en marchant de mes pleurs superflus ;
Le torrent les emporte et sa voix monotone
Pleure, stérile écho des jours qui ne sont plus.

Je vois pousser l'ortie où j'ai semé des roses ;
Mes lis ont disparu par la ronce engloutis ;
Dans mes ruches à miel, sous mes beaux lauriers-roses,
Aujourd'hui la vipère a niché ses petits.


L'auberge est en ruine où ma tête était sûre
De trouver un abri, ma soif de s'étancher,
Et la main n'est plus là qui sur chaque blessure
Savait trouver toujours un baume à m'épancher.


La tempête a détruit ma plus chaste retraite ;
De tout ce que j'aimais rien n'est resté debout ;
Un débris de mon cœur à chaque pas m'arrête,
Et j'ai peur d'avancer et d'aller jusqu'au bout !


Je cherche la maison, dans la brume indécise,
Où de l'hymen pour moi s'allumait le flambeau :
J'aperçois sur le seuil la Solitude assise
Qui me dit : « N'entre pas, car je garde un tombeau !


« Un sépulcre plus noir que ceux du cimetière
« Qu'enfin l'herbe recouvre et qu'efface le vent
« Ici-gît ton passé, ton existence entière
« Sous la forme d'un spectre, et le spectre est vivant !

« Va, n'importune point d'objurgations vaines
« Ce marbre où sont ta vie et ses liens dissous :
« Toute' l'eau de tes yeux, tout le sang de tes veines,
« Ne pourraient ranimer ce qui dort là-dessous !


« Laisse en paix ce séjour d'où le destin t'exile ;
« Passe outre, comme Adam de son jardin banni ;
« Tais-toi, courbe la tête et vers un autre asile
« Tout seul poursuis ta route et dis-toi : C'est fini ! »


Ne verrai-je donc plus, jamais plus, ô Jeunesse,
Ton rêve aux ailes d'or par l'orage emporté ?
Dois-je laisser aussi tout espoir qu'il renaisse,
Et m'as-tu pour jamais, à tout jamais quitté ?


Un jour, dans le désert funèbre de ma vie,
Oasis enchanteur, Amour, tu m'apparus ;
L'azur s'illumina sur ma tête ravie,
Tout le ciel à mes yeux s'entr'ouvrit... et je crus.

Je disais : C'est ici qu'après ma longue attente
Je vais cueillir le fruit dont je veux me nourrir ;
C'est ici qu'à jamais je fixerai ma tente,
Ici que je veux vivre et que je veux mourir !


O doux commencements de l'amoureuse fièvre ;
O regards messagers d'un honheur surhumain,
Allouette du cœur, chaste aveu que la lèvre
Tient captif, mais qu'un jour ose lâcher la main !


Jours fortunés remplis de célestes revanches,
Après l'heureux tourment trop longtemps enduré !
O terrasse, où ses doigts, en cueillant des pervenches,
M'ont glissé mon triomphe à jamais assuré !


O tilleuls, verte allée à mes pas familière,
Où mon cœur a vécu tant de félicité ;
Haie en fleurs, mur franchi que tapissait le lierre,
Emblème de constance et de fidélité !


Premiers adieux, départ, retour, tendres alarmes,
Fenêtre où m'attendait un signal imploré,
Bruns cheveux de sa tête inondés de mes larmes,
Ecrin qui renfermait son visage adoré !

Voix du soir qu'épiait une amante inquiète,
Clair de lune magique inondant l'horizon,
Rossignol amoureux qu'écoutait Juliette,
Quand Roméo rôdait autour de sa maison !


Jardin où le zéphyr m'apportait son haleine
Et défaillait d'ivresse en passant près de nous,
Quand, dégonflant mon cœur comme une urne trop pleine,
Dans l'ombre, de bonheur, je tombais à genoux !


Banc où je m'asseyais, enviant la pelouse
Où le matin, joyeuse, elle avait folâtré ;
Arbres dont j'attirais vers ma lèvre jalouse
L'ombrage favori d'un front idolâtré !


Roses dont le printemps entr'ouvrait les corolles,
Où pour elle pleuvaient mes pleurs et mes baisers,
Divins parfums des fleurs, moins doux que les paroles
Où s'épanchaient alors nos vœux inapaisés !


Astres du firmament, qui faisiez sentinelle
Autour du trône d'or des belles nuits d'été,
Qui tramaient lentement sous la voûte éternelle
Le merveilleux tissu de mon sort enchanté !

O palmiers, confidents de nos longues ivresses,
Profonds ravissements que j'ai trop bien connus,
O voluptés, soupirs, sanglots, baisers, tendresses,
Bonheurs de paradis, qu'êtes-vous devenus !


O désillusion, que ta coupe est amère !
Rêve éteint dans mon cœur, mais trop tard se repent ;
Un jour, près d'embrasser ta menteuse chimère,
Je me suis réveillé mordu par un serpent !


J'ai jeté loin de moi la funeste couleuvre,
Souillure du chemin que l'on secoue au vent,
Et, comme un ouvrier qui se remet à l'œuvre,
J'ai repris mon bâton et j'ai dit : En avant !


Stoïque, à tous les yeux dérobant la morsure,
J'ai marché, le regard tourné vers l'avenir :
Le temps avec sa main peut fermer ma blessure,
Mais je ne puis en moi tuer le Souvenir.


Le Souvenir, démon, Protée insaisissable,
Registre dans ma tête, et flamme dans mon cœur,
De tous mes pas anciens vestige ineffaçable,
Du vase où je m'abreuve éternelle liqueur !

Dans tout ce que j'entends et vois, sans fin ni trêve,
Bruits du jour, voix du soir, formes, couleurs, parfums,
Implacable sorcier plus puissant que le rêve,
Evoquant devant moi tous mes beaux jours défunts !


La mémoire du cœur est pareille à la glace
Qu'un homme furieux frappe et brise à grands cris ;
Sa colère apaisée il retrouve sa face
Dans mille autres miroirs jaillissant des débris.


A l'ombre du silence et de la solitude,
Loin du monde abritant mon front triste et pâli,
Au voyage, aux plaisirs, au travail, à l'étude,
Sans jamais le trouver, j'ai demandé l'oubli.


Oh ! l'oubli du passé ! comme un sable torride
Qu'une onde fraîche abreuve au plus fort de l'été,
Si ma lèvre brûlante et si mon cœur aride
Pouvaient se rajeunir dans les eaux d'un Léthé,


A la vie, au bonheur, je pourrais croire encore,
Et voir, comblant mes vœux, une chaste beauté,
Une femme aux doux yeux que la grâce décore,
Jusqu'au terme fatal marcher à mon côté.

Sur l'écorce d'un hêtre, en mes jeunes années,
Ma main grava mon chiffre, un beau jour de printemps,
Bien des fois l'arbre a vu fuir ses feuilles fanées,
L'inscription résiste et croît avec le temps.


Ainsi le souvenir de ma jeunesse heureuse
Et d'un être à genoux trop longtemps adoré,
Chaque jour plus avant dans moi-même se creuse,
Signe autrefois béni, maintenant abhorré.


Dans ma chair, dans mon sang, il glisse, il enracine,
Il incruste vivants ses funeste réseaux ;
C'est ma robe de feu qui brûle et qui calcine
Jusqu'à les dessécher la moelle de mes os !


Voilà pourquoi je hais ton air que je respire,
Et ton sol que je foule, ô terre, affreux séjour ;
Et ta clarté perfide, exécrable vampire
Que je ne veux plus voir, astre maudit du jour !


Soyez maudits, cent fois maudits, ciel taciturne,
Toi, marâtre Nature, aux cachots étouffants ;
Univers, cauchemar d'un aveugle Saturne
Qui dévore, aussitôt qu'ils sont nés, ses enfants !

Toi, si tu vis là-haut, Créateur de mon être,
Dieu sourd-muet, chez qui vainement nous frappons,
Si je ne puis te voir, te parler, te connaître,
Pourquoi de mon néant m'as-tu tiré ? Réponds !


Dieu ! si ton nom n'est pas le nom d'une chimère
Que le mensonge impose à l'imbécillité,
Un frêle épouvantail, un fétiche éphémère
Dont l'homme se délivre à sa virilité ;


Qui que tu sois enfin, foyer où se condense
La vie universelle et de qui nous sortons,
Volontaire ou fatal, Destin ou Providence,
Tyran stupide ou père impuissant d'avortons ;


N'importe, tu ne peux m'empêcher que je fasse
Divorce avec la Vie et d'en prendre congé,
Et, libre de partir, je te jette à la face
Cet être, ce fléau que tu m'as infligé !


Dans la tombe éternelle au moins je puis descendre
Sans que de mon malheur je laisse un héritier ;
Nuit sans fin, Nuit sans borne, à jamais prends ma cendre,
Grande Nuit sans réveil, reçois-moi tout entier !

## II

## NOX

Me voici ! qui m'appelle ?... Un enfant de la terre,
D'une triste planète un funèbre habitant,
Lassé de l'existence, et, devant son mystère,
Maudissant le fardeau qui l'accable un instant !


O pauvre voyageur qui, par un soir d'orage,
De récif en récif, jeté sur cet écueil,
De ta barque échouée, au sortir du naufrage,
Rassembles les débris pour t'en faire un cercueil ;


Est-ce à moi que tu viens, moi, la chaste Vestale
Qui garde les autels et les sacrés flambeaux,
Demander ce néant, cette éclipse totale
Que tu voudrais trouver au milieu des tombeaux !

Puisque le Désespoir de sa torche livide
Ne te montre aucun port, nocher battu du vent,
Est-ce que tu me crois la prêtresse du vide,
D'un abîme où plus rien ne serait de vivant ;


Où le silence affreux couvrirait de son ombre
L'étendue immobile et le temps aboli ;
Où le rayon, la force, et la forme, et le nombre
Seraient les naufragés de l'éternel oubli ? —


De mon temple muet, vois, j'écarte les voiles ;
D'un geste de ma main je t'ouvre l'infini ;
Regarde : as-tu des yeux?... ces millions d'étoiles,
Ce chaste firmament d'aucune ombre terni,


Cet insondable azur où, sans fond ni rivage,
Océan de soleils, l'espace illimité
S'engouffre, où la pensée, avec un cri sauvage,
Recule de terreur devant l'éternité ;


Ces coupoles sans fin portent sur leurs pilastres
Des Babels d'univers l'un sur l'autre entassés ;
Ces zéniths, ces nadirs, effroi des Zoroastres
Qui tombent à genoux, criant : « Assez ! assez ! »

Ces infinis peuplés d'ineffables histoires,
Que même un séraphin aurait peur d'explorer :
Radieux paradis, noirs enfers, purgatoires, —
Est-ce là ce néant que tu viens implorer ?


Le néant ! mot stupide, horreur de la pensée,
Rugissement d'un fou qui ne sait ce qu'il dit ;
Vain blasphème qui sort de la bouche insensée
D'un aveugle niant le jour en plein midi !


En présence des cieux, réponds, peux-tu le dire,
Peux-tu le concevoir : que le fer, le poison,
L'éclair d'un pistolet suffirait pour détruire
Ton moi, ta volonté, ton âme, ta raison ?


T'imagines-tu donc que la personne humaine
Ne soit rien qu'un produit de la chair et du sang,
Un flambeau passager, un fuyant phénomène,
Pareil au flot des mers qui monte et qui descend


Crois-tu pouvoir l'éteindre ainsi que la bougie
Qu'à la pâle clarté du jour qui le confond,
Le libertin blasé souffle après son orgie,
Quand il jette son masque et son verre au plafond ?

Te prends-tu pour l'enfant d'une aveugle nourrice,
Sans loi, sans liberté, sans but, sans avenir ?
Te crois-tu le jouet d'un tout-puissant caprice,
D'un Dieu qui se ferait un plaisir de punir ?


Il en est temps : reviens de ton erreur première
Où tu vas tâtonnant, ivre d'obscurité ;
Au fond de ton esprit laisse entrer la lumière
Et courbe tes genoux devant la Vérité.


Quelque mal, ici-bas, qui t'assiége et t'étreigne
Et te fasse crier dans ses cercles de fer,
Tu subis la Justice éternelle qui règne
De la cime des cieux jusqu'au fond de l'enfer.


Comme à la pesanteur que nul astre n'évite,
Chaque atome obéit inéluctablement ;
Autour de ce soleil chaque homme aussi gravite,
A travers des chemins qu'il s'est faits librement.


Nul ne peut éluder son algèbre impeccable,
Où la moindre pensée, et la moindre action,
Comme un chiffre à son rang, méritante ou coupable,
Trouve sa récompense ou sa punition.

Chaque homme a dans sa vie un coin plein de mystère,
Comme dans un vieux livre un passage effacé,
Où brusquement revit en saillant caractère
Une image perçant les brouillards du passé.


C'est la terrible main qu'en sa fête nocturne,
Au mur de son palais Balthasar voit traçant :
*Menè, Tekel, Perès* (1), — oracle taciturne,
Accompli le matin dans la fange et le sang.


C'est l'ombre de Banco qui s'en vient redoutable,
Dans la salle où Macbeth rit, bravant le destin,
Convive inattendu, présider à sa table,
Et changer en linceul la nappe du festin.


C'est la blanche statue, alors que minuit sonne,
Du sombre Commandeur qui descend de cheval,
Et vient pendant l'orgie, où d'horreur tout frisonne,
Annoncer à don Juan la fin du carnaval.

---

(1) D'après le texte hébreu.

C'est la pâle Astarté qui surgit de la tombe,
Avec ce lamentable appel à son amant :
« Manfred, Manfred, adieu ! voici le soir qui tombe,
Et ton dernier soleil qui luit au firmament ! »


Rappelle-toi Manfred  en tes heures funèbres;
Ses terreurs, ses combats, ses remords, ses tourments ;
Et son défi sublime aux esprits des ténèbres
Qui viennent l'assaillir à ses derniers moments.


Vois sa haute leçon se dresser, comme un phare
Au-dessus de l'abîme où sa clarté reluit,
Et dans la sombre angoisse où ta raison s'effare,
Tu sauras t'élever plus haut même que lui !


Si ta barque, jouet d'une mer orageuse,
Près de toucher le port sombra sous l'aquilon ;
Si jamais ta pioche à fouiller courageuse,
Dans la mine n'a pu mettre à nu le filon ;


Si l'Amour qui berça de sa voix infidèle
Ton âme épanouie à ses belles chansons,
Jette à tes pieds sa harpe et fuit à tire d'aile,
Laissant au désespoir tirer les derniers sons;

Si tu vois sous les vents t'assiégeant par cohortes
Tes rêves les plus chers déchirés en haillons,
S'en aller loin de toi comme des feuilles mortes
Que l'autan furieux emporte en tourbillons ;


Si le monde insensible au fardeau qui t'oppresse
N'offre plus de refuge à tes pas isolés ;
Si plus rien ne répond à ta noire détresse
Que le lugubre écho de tes cris désolés ;


Si, trahi par les tiens, étendu sur la terre,
Rassasié de fiel, même par l'amitié,
Sans espoir, implorant le rocher solitaire
Et la ronce des bois de te prendre en pitié,


Tu gis là palpitant, avec la mort dans l'âme,
De tout secours humain morne déshérité,
Du poignard dans ton cœur n'enfonce point la lame ...
Pleure et résigne-toi, car tu l'as mérité,


Mais, me répondras-tu, quelle est ma forfaiture ?
Du denier de la veuve ai-je donc trafiqué ?
Ai-je à tromper la foule assisté l'imposture ?
Contre le vrai, le juste ai-je prévariqué ?

Au prix d'un sac d'écus, d'un manteau d'écarlate,
M'a-t-on vu de l'honneur quitter l'étroit sentier ?
Ai-je vendu Jésus traîné devant Pilate,
Et payé le vignoble ou le champ du potier ?


Ai-je à Moloch ouvert un temple dans mon âme ?
Ai-je de mon voisin renversé la cloison ?
Ai-je au Veau d'or porté la myrrhe et le cinname,
Chassé le mendiant du seuil de ma maison ?


Ai-je entr'ouvert ma porte à l'épouse adultère ?
Ai-je livré les miens aux sbires ennemis ?
Du sang de mon semblable ai-je rougi la terre ?
Pour être châtié, quel crime ai-je commis ? —


Dans le divin registre insensé qui veut lire
Avant l'heure marquée à l'éternel cadran ;
Interroger son juge est orgueil ou délire...
Le sage sait attendre et dit : « Dieu seul est grand ! »


Sache que la Justice, infaillible, éternelle,
T'échappe, inaccessible, au fond de l'infini :
Ce soleil fulgurant brûlerait ta prunelle ;
Souffre, et, courbant le front, dis-toi : Je suis puni.

Poursuis, sans murmurer, ta voie expiatoire ;
Si l'orage redouble, apprends à l'affronter :
Dans la sombre spirale où va ton purgatoire,
Veux-tu descendre encore, ou veux-tu remonter ?


Alors, debout ! forçat de la chiourme humaine !
De ton rachat sublime acquitte le tribut,
Et marche sans faiblir dans la route qui mène
A l'auguste sommet où rayonne le but !


Quand tu vas sanglotant, traînant, tête baissée,
Tes regrets, tes espoirs trompés, ton abandon,
Invisible gardien de ton âme affaissée,
Toujours quelqu'un te suit : c'est l'Ange du pardon.


Parfois, lorsque les pieds tout meurtris par ta chaîne,
N'en pouvant plus, tu fais une halte en marchant,
Comme le moissonneur qui pour reprendre haleine,
En aiguisant sa faulx s'arrête au bord du champ ;


Dis-moi, devant tes yeux, ne sens-tu pas sur l'heure
Comme un souffle divin de baiser sur l'affront ?
De son aile céleste, éventail qui t'effleure,
C'est lui qui vient sécher la sueur de ton front.

Quand, reprenant alors ta tâche moins ardue,
Plus légère à ton pied et moins lourde à ta main,
Tu dirais qu'un parfum de joie inattendue
Embaume les buissons le long de ton chemin;


Et si, le cœur soumis à la loi souveraine
Tu trouves que le sort a moins d'inimitié,
C'est que derrière toi, pour soulager ta peine,
De ta charge d'opprobre il porte la moitié !


Chaque soir, en rentrant, sa main qui te délivre
Met un verrou de moins à ton noir cabanon,
Et, comptant tes soupirs qu'il annote en son livre,
Pour chacun de ta chaîne il détache un chaînon.


Et quand tu sens tes pleurs, gouttes silencieuses,
Ruisseler lentement de ta paupière en feu,
En secret il en fait des perles précieuses
Qu'il baise avec amour et qu'il apporte à Dieu !


Trêve au blasphème ! trêve à la révolte impie !
Cultive sans repos, d'un bras jamais lassé,
Le champ de la souffrance où ta sueur expie
Tes péchés inconnus que voile le passé !

Creuse en paix ton sillon, sème et cueille en silence,
Une gerbe à jeter dans le divin plateau;
Et tu verras sans peur l'éternelle Balance
Quand je t'endormirai dans mon large manteau !

CHARLES BELTJENS.

Sittard (Pays-Bas), Octobre 1878.

Paris, Soc. d'imp. Paul Dupont, rue Jean-Jacques-Rousseau, 41. — 1796.6.81

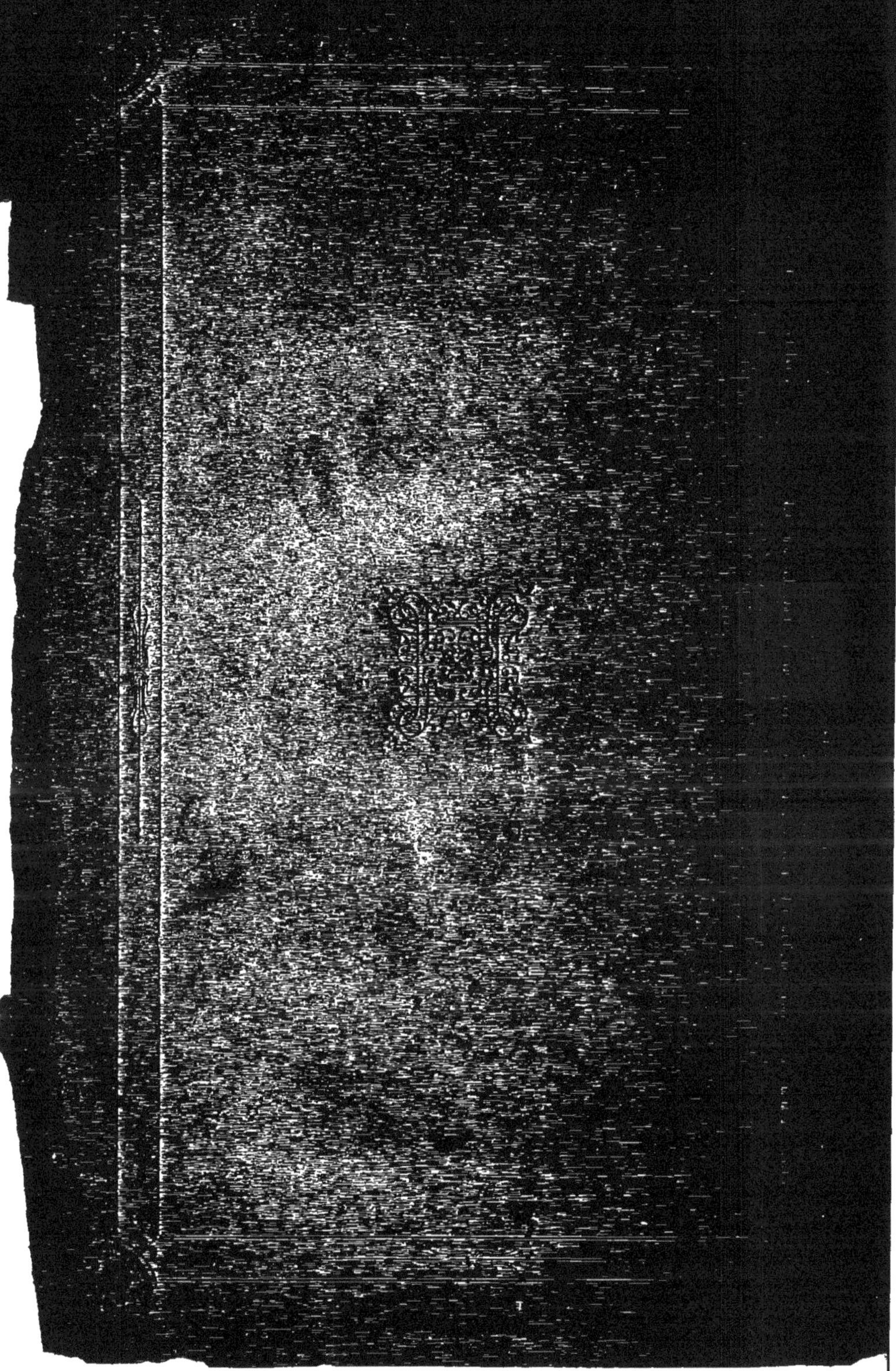

9 782019 945169